NASU MASAMOTO
Best Selection
1

那須正幹童話集

❶

ともだちみっけ

垂石眞子・絵

もくじ

ふとん山《やま》トンネル

ケンちゃんはね、ふとんにもぐるのが、だいすきなんだ。
もぐって、もぐって、もぐって……。
ほうら、トンネルができた。
ふとん山《やま》トンネル。
トンネルの入《い》り口《ぐち》から、なにが見《み》えるかな。
ふすまのむこうに、となりのへやが見《み》えるね。
ケンちゃんは、夜《よる》ねるとき、ふすまをすこしあけておいてもらうの。
こうすれば、さみしくないでしょう。
とうさんがタバコをすいながら、新聞《しんぶん》をよんでる。
タバコは、からだによくないんだよ。
「こら、ケンジ、もうねなさい。」
とうさんたら、ふすまをしめちゃった。

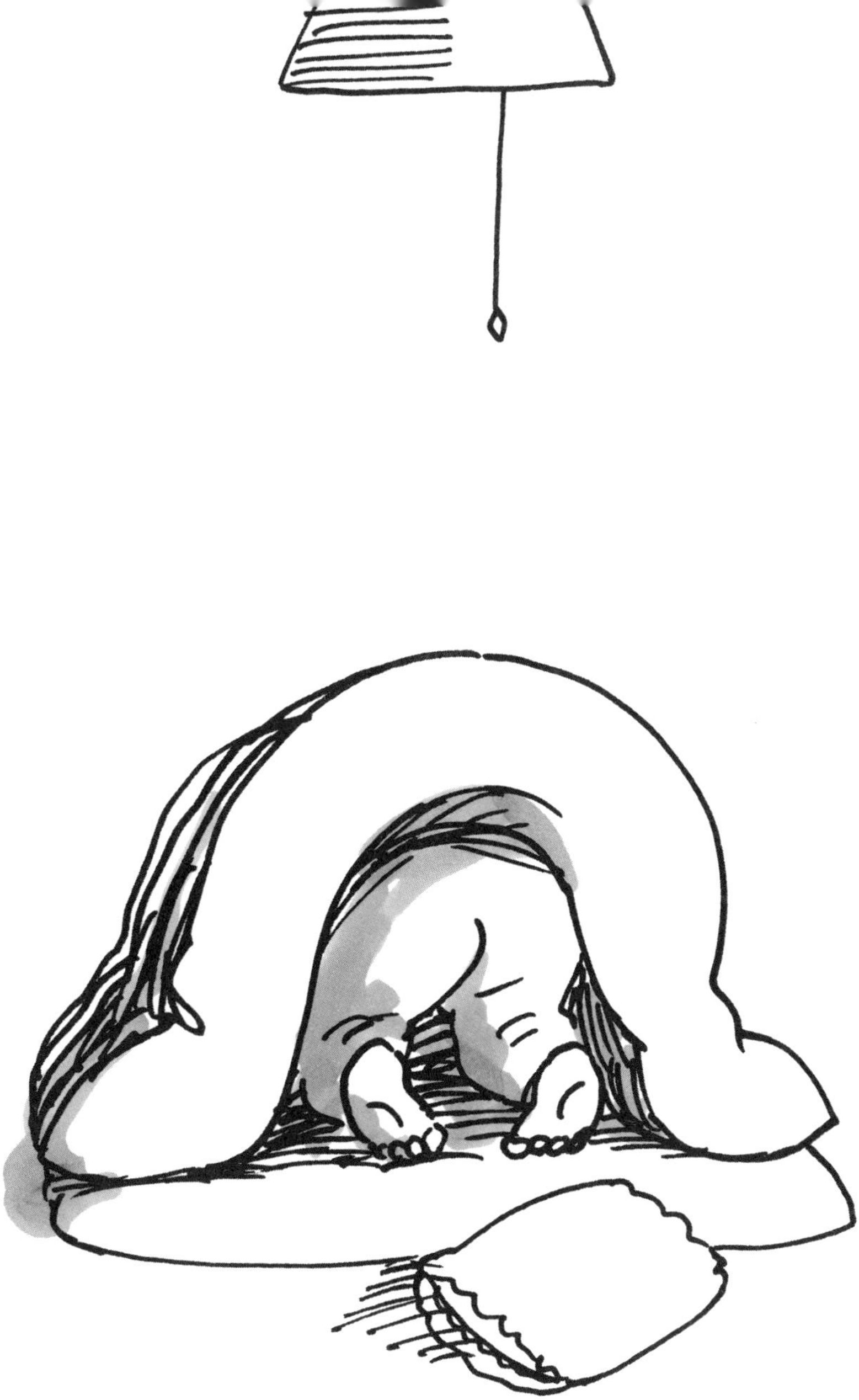

つまんないなあ。
ようし、はんたいのほうこうに、
トンネルほっちゃえ。
ふとんの中《なか》で、くるっとむきをかえて、
しゅっぱつ。
おかしいなあ。いくらもぐっても、
ふとんからでないぞ。
ぼくのふとん、こんなに大《おお》きかったかしら？
よし。もうすこし、もぐって、
もぐって、もぐって……。
やっと、出口《でぐち》にとうちゃく。
あ、まぶしい。おひさまの光《ひかり》だ。

トンネルのそとは、野原《のはら》だったよ。
それで、子《こ》どもがいっぱいあそんでいてね。
やあ、ユミちゃんもいる。
ユミちゃんは、ケンちゃんの友《とも》だちなのさ。
「ケンちゃんも、きたのね。」
「ユミちゃん、ここはどこ？」
「ふとん山《やま》のふもと。ケンちゃんも
トンネルほって、やってきたんでしょ。」
「そうか、ユミちゃんも、ふとんに
もぐってきたのか。」
「そうよ。ほら、いっぱいトンネルがあるでしょ。
みんなのトンネルなの。」

ケンちゃんのうしろに、大《おお》きなふとんの山《やま》があって、トンネルがいくつも口《くち》をあけていた。

「さあ、みんなとあそびましょ。」

ユミちゃんが、ケンちゃんの手《て》をひっぱった。

ケンちゃんは、しらない子《こ》どもたちと、すぐになかよしになったんだ。

そして、いろんなことをしてあそんだんだよ。

かくれんぼでしょう。それから、川《かわ》でさかなもすくったんだ。

ザリガニだって、つかまえたさ。

たのしいなあ。

そろそろ、かえらなくちゃあ。

あしたの朝《あさ》、おねぼうして、ようちえんにおくれたら、たいへん。

「ユミちゃん、かえろうよ。」
「そうね。さよなら、
さよなら、またあした。」
ほかの子《こ》どもたちも、
かえりはじめた。
ケンちゃんも、ふとん山《やま》の
ふもとまでもどってきた。
あれ、あれ――?
トンネルがずらりと
ならんでいて、どれが
ケンちゃんのトンネルか
わからない。

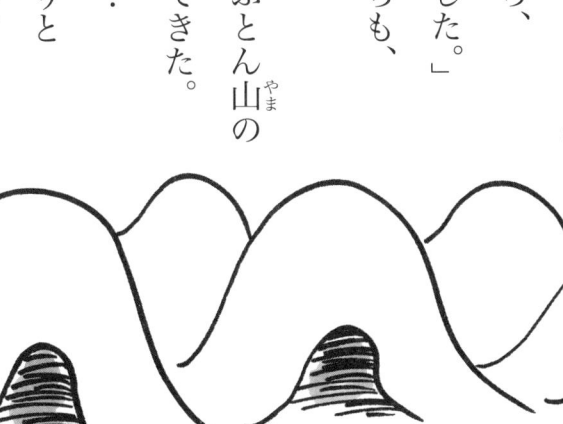

「ユミちゃん、どれがぼくのトンネルかなあ。」

「ええと、あっちがあたしので、こっちがケンちゃんのじゃない？」

ユミちゃんがゆびさしたトンネルに、ケンちゃんはもぐりこんだんだ。

もぐって、もぐって、もぐって、やっとふとんから顔《かお》がでた。

へやの中《なか》はまっくらけ。とうさんも、かあさんも、もうねちゃったのかな。

ケンちゃんも、すぐにねむったよ。だって、いっぱいあそんだんだもののねえ。


目《め》がさめたら、朝《あさ》だった。

だれかがケンちゃんの顔《かお》をのぞきこんでいる。

あれ、ユミちゃんのかあさんじゃないか。

「おばちゃん、どうしたの？」

「ケンちゃんこそ、どうしてユミのふとんにねているの？　ユミは、どこにいるの？」

びっくりして、あたりを見《み》まわした。

ああ、ここはケンちゃんの家《いえ》じゃない。ユミちゃんの家《いえ》だ。

もしかしたら……？

ケンちゃんは、パジャマのまんま、ユミちゃんの家《いえ》をとびだした。

走《はし》って、走《はし》って、走《はし》って、やっとケンちゃんの家《いえ》が見《み》えてきた。

ケンちゃんの家《いえ》の前《まえ》で、パジャマすがたのユミちゃんがないていた。

ケンちゃんのとうさんとかあさんが、しんぱいそうにユミちゃんをながめている。

やっぱり、そうだったのか。

「ユミちゃん、トンネルをまちがえたんだ。ぼく、きみの家《いえ》でねてたんだよ。」

「そうだったの。あたしも……。びっくりしたわ。」

ユミちゃんは、なきやんだけど、とうさんとかあさんは、まだ、口《くち》をぽかんとあけている。

「こんど野原《のはら》であそぶときは、トンネルの入《い》り口《ぐち》に、名前《なまえ》をかいておこうよ。」
ケンちゃんがいうと、ユミちゃんは、にっこりわらって、うなずいたよ。

おばけのゆびきり

くらい森《もり》のおくに、子《こ》どものおばけがすんでいました。

この森《もり》にすんでいるおばけは、一ぴきだけです。おばけは、もともとかずのすくない動物《どうぶつ》なのです。

いちばん近《ちか》くのおばけなかまといえば、山《やま》をふたつこえたところの沼《ぬま》のそばにすんでいる、年《とし》よりのおばけだけです。

年《とし》よりおばけは、たいへんものしりで、おばけもときどき、でかけていっては、いろんなことをおしえてもらいます。

「ねえ、おじいさん。森《もり》の動物《どうぶつ》には、おとうさんやおかあさんがいるのに、おばけには、どうしておとうさんもおかあさんも、いないの？」

あるとき、おばけは、おじいさんおばけにきいてみました。

おじいさんおばけは、えへんと、せきばらいしました。

「そもそも、おばけというものは、くらい森《もり》や、沼《ぬま》の上《うえ》にただよう、きりの中《なか》から生《う》まれてくるものなのじゃ。ミルクのような、こいきりのかたまりに、かみなりの電気《でんき》がながれたとき、おばけは生《う》まれる、といわれておる。だから、おばけは、生《う》まれたときもひとり、しぬときもひとりじゃ。」

「へえ、おばけもしぬの？」

「ああ、もちろん。」

おじいさんおばけは、しわだらけの顔《かお》をゆらゆらさせながら、こたえました。

「おばけのじゅみょうは、だいたい千年《せんねん》といわれておる。それをすぎると、だんだん体《からだ》の色《いろ》がうすくなってきて、やがて、もとのきりに、もどるのだな。わしも、そろそろ、もとのきりに、もどるころじゃなあ。」

おばけは、きゅうにかなしくなりました。

おじいさんおばけがいなくなったら、ひとりぼっちになってしまいます。

べそをかきだしたおばけを見《み》て、おじいさんおばけは、あわてていいました。

「こわがらんでもいい。おまえは、まだ百年《ひゃくねん》も生《い》きておらんから、まだまだ生《い》きられるぞ。」

おばけがかなしくなったのは、そんなことではありません。
森《もり》にかえってからも、おばけは、しくしくないていました。
そのうち、ふと、思《おも》いました。
（そうだ。だれか、友《とも》だちをつくればいいんだ。）
そこで、おばけは、森《もり》の中《なか》をとびまわりながら、
友《とも》だちをみつけることにしました。

大《おお》きなブナの木《き》のえだに、リスがすわっていました。

おばけは、リスに声《こえ》をかけました。

「リスさん、こんばんは。」

リスが、顔《かお》をあげました。大《おお》きな目《め》で、おばけを見《み》ました。

「きゃっ、おばけだ！」

リスは、あっというまに、木《き》のあなににげこんでしまいました。

「リスは、こわがりやだから、だめだ。もっと大《おお》きな動物《どうぶつ》じゃないと……。」

ブナの木《き》のねもとのほうで、音《おと》がします。

見《み》ると、大《おお》きなクマが、のっしのっしと、あるきまわっていました。

おばけは、クマの前《まえ》にまいおりました。

「クマさん、お友《とも》だちになろうよ。」

「だれだい、おれさまに、気《き》やすく声《こえ》をかけるのは？」

クマは、頭《あたま》をあげて、おばけを見《み》ました。

「うわあ、おばけだ……。」

クマは、くるりとまわれ右《みぎ》をして、すたこらさっさと、にげだしてしまいました。

（クマさんも、ぼくのことをこわがるんだ。）
おばけは、がっかりしました。これでは、友《とも》だちなんか、できそうもありません。

おばけは、ふわふわと空《そら》にまいあがりました。

夜《よる》の森《もり》は、どこまでもくらく、しずまりかえっています。と、遠《とお》くのほうに、ぽつんと、あかりが見《み》えました。音楽《おんがく》もきこえてきます。

おばけは、あかりをたよりに、とんでいきました。

森《もり》のはずれに、人間《にんげん》の家《いえ》がありました。

まどからのぞくと、人間《にんげん》のおばあさんが、ゆりいすにこしかけていました。

そばのテーブルにある、しかくい機械《きかい》から、音楽《おんがく》がながれてきます。すごく大《おお》きな音《おと》です。

おばけは、まどのすきまから、家《いえ》の中《なか》にはいっていきました。そして、できるだけそっと、声《こえ》をかけました。

「おばあさん、こんばんは。」

おばあさんは、しらん顔《かお》です。

「おばあさん、おばあさん。」

おばけが、そっと、かたをゆすると、おばあさんは、ようやく目《め》をあけました。

そして、しょぼしょぼの目《め》をますますほそくして、おばけを見《み》ました。

「おや、おや。こんな夜《よ》ふけに、どこのぼうやだね？」

「おばあさん、ぼく、あそびにきたの。」

「えっ、なんていったの？　あたしゃ、目《め》も耳《みみ》も、ふじゆうでねえ。」

「あのね、ぼく、あそびにきたんだよ。」

耳《みみ》もとでどなると、おばあさんは、ようやくうなずきました。

「おや、そうかい。中村《なかむら》さんちのぼうやかい。まあ、そのへんにおかけ。」

おばあさんは、よっこらしょと、いいながら立《た》ちあがると、機械《きかい》のボタンをおして、音楽《おんがく》をとめました。それから、おくのたなから、クッキーのはいったおさらをはこんできました。

「いま、ミルクティーをいれてあげようね。」

おばけは、クッキーを食《た》べ、おばあさんのいれてくれたミルクティーをのみました。

おばあさんは、耳《みみ》があまりきこえないようです。目《め》もあまり見《み》えなくて、おばけのことを人間《にんげん》の子《こ》どもとまちがえています。

おばあさんは、すごくおしゃべりです。いろんなことを話《はな》してくれました。

にわにくる小鳥《ことり》のこと、畑《はたけ》にうえたキャベツが大《おお》きくなったこと。

遠《とお》くにいるまごがおくってくれた絵《え》も、見《み》せてくれました。

やがて、おばあさんは、こっくりこっくり、いねむりをはじめました。

「おばあさん、またね。」

おばけは、さよならをいって、おばあさんの家《いえ》からぬけだしました。

おばけは、うれしくてたまりません。だって、生《う》まれてはじめて友《とも》だちができたのです。


それからというもの、おばけは、毎《まい》ばん、おばあさんの家《いえ》にあそびにいきました。

あるばん、おばあさんが、ためいきをつきながら、いいました。

「年《とし》はとりたくないものだねえ。このところ、まごの絵《え》が、ぼんやりとしか、見《み》えなくなってしまってねえ。まえは、ひるまなら、はっきり見《み》えたんだよ。」

おばけは思《おも》いました。

おばあさんの目《め》がよく見《み》えるようになり、耳《みみ》もきこえるようになれば、もっとなかよくなれるにちがいない。

その夜《よ》、おばけは、ひさしぶりに、年《とし》よりおばけをたずねました。

「おじいさん、人間《にんげん》のおばあさんの目《め》が見《み》えて、耳《みみ》がきこえるようになるには、どうしたらいいの？」

おじいさんおばけは、首《くび》をかしげました。

「人間《にんげん》は、年《とし》をとると、目《め》が見《み》えにくくなるし、耳《みみ》も遠《とお》くなるのさ。それをなおすには、やはり、あれしかないじゃろう。」

「あれって……？」

「さよう、遠《とお》い遠《とお》いこおりの国《くに》にさいている、こおり花《ばな》のみつと、遠《とお》い遠《とお》いさばくの国《くに》にすんでいる、ほのお鳥《どり》のふんをまぜあわせたくすりをのませるのさ。そうすれば、人間《にんげん》はわかがえって、目《め》も見《み》えるようになるし、耳《みみ》もきこえるようになる。」

「こおりの国《くに》のこおり花《ばな》のみつと、さばくの国《くに》のほのお鳥《どり》のふんだね。」

おばけは、けっしんしました。

その夜《よ》、おばけは、こおりの国《くに》にむかってたびだちました。

何日《なんにち》も何日《なんにち》もかかって、こおりの国《くに》にたどりつき、雪《ゆき》あらしの中《なか》をさがしまわって、ようやくこおり花《ばな》をみつけました。

それから、また、何日《なんにち》も何日《なんにち》もたびをして、こんどは、あついあついさばくの国《くに》にたどりつき、ほのお鳥《どり》のふんをみつけました。

ふた月《つき》ぶりにやってきた、おばあさんの家《いえ》には、あかりがついていませんでした。

おばあさんは、くらがりの中《なか》で、ベッドにはいっていました。

「おばあさん、こんばんは。」

耳《みみ》もとでどなると、おばあさんは、うっすらと目《め》をあけました。

「おや、中村《なかむら》さんちのぼうやかい。しばらくだったねえ。」

「どうして、あかりをつけないの。もう、夜《よる》だよ。」

「もう、あかりは、ひつようなくなったのさ。目《め》が、まるで見《み》えなくなっちまったんだよ。どうやら、おむかえが近《ちか》いらしい。」

「あのね、おばあさん、ぼく、おくすり、もってきたんだ。これをのんでごらん。」

おばけは、こおり花《ばな》のみつと、ほのお鳥《どり》のふんをまるめたくすりを、ひとつぶ、おばあさんの口《くち》にもっていきました。
おばあさんは、ごくりと、くすりをのみこみました。
すると、どうでしょう。
しわだらけの顔《かお》が、みるみる、つやのある顔《かお》にかわりました。
目《め》やにのたまっていた目《め》が、ぱっちりとひらきました。
おばあさんがベッドから、いきおいよくおきあがりました。
おばあさんは、わかがえったのです。
「おばあさん、よかったね。」
おばけが、にこにこわらいながら、いったときです。
「きゃーっ、おばけ！」
わかわかしい声《こえ》が、へやじゅうにひびきわたりました。
おばあさんは、すばやく立《た》ちあがると、へやのすみに立《た》てかけてあっ

たほうきをつかんで、むちゃくちゃにふりまわしはじめました。
「おばけなんか、でていけーー！」

おばけは、びっくりして、家《いえ》をとびだしました。ふりかえると、おばあさんの家《いえ》には、あかあかとあかりがついています。

それを見《み》ると、おばけは、きゅうにかなしくなりました。

目《め》や耳《みみ》のふじゆうなときは、あんなになかよくなれたのに、目《め》が見《み》えるようになったとたん、おばあさんは、おばけのことがきらいになってしまったのです。

いえ、いえ。人間《にんげん》は、もともとおばけがきらいなのでしょう。おばあさんは、目《め》があまり見《み》えなくて、おばけのことを、人間《にんげん》の子《こ》どもとまちがえていたのです。

だから、あんなになかよくできたのです。

そのとき、だれかの声《こえ》がしました。

「おばけさん、まって。いかないで。」

見《み》ると、一ぴきのねずみが、おばけを見《み》あげています。

「あのね、ぼく、おばあさんの家《いえ》のねずみなの。ずうっとまえ、おばけさんが家《いえ》にやってきたとき、やねうらから見《み》ていたんだ。さいしょは、こわかったけど、だんだんおばけさんのこと、こわくなくなったよ。

だって、おばけさんて、やさしいんだもの。

おばあさんのために、おくすりまで、
もってきてくれたんだもの。」

ねずみは、しっぽをふりふり、いっしょうけんめい話《はな》しています。

おばけは、ほんのちょっと、かなしくなくなりました。

「ありがとう。でも、ぼくはもう、あの家《いえ》にはいれないよ。」

ねずみは、ちらりと家《いえ》のほうをふりかえりました。

「あのね、ぼく、あしたの夜《よる》までに、おばあさんに、これまでのこと、すっかり話《はな》しておくからさ。そしたら、おばあさんも、おばけさんのこと、すごくすきになると思《おも》うよ。だから……。」

ねずみは、ちっちゃな目《め》で、おばけを見《み》つめました。

「あしたのばん、もういちど、おいでよ。おばあさん、また、クッキーとミルクティーをよういして、まってると思《おも》うな。」

おばけは、ちょっと考《かんが》えました。

それから、こっくりしました。

「わかった。あしたのばんも、くるよ。」
「ほんとだよ。これって、友《とも》だちどうしのやくそくだからね。」
ねずみが、前足《まえあし》をつきだして、
ちっちゃなこゆびを立《た》てました。
おばけも、こゆびをだして、
友《とも》だちどうしのゆびきりをしました。

ゆきだるまゆうびん

ずいぶんとさむい夜《よる》でした。
一週間《しゅうかん》まえに、ふった雪《ゆき》が、まだとけないで、
道《みち》ばたや、あき地《ち》のすみにのこっています。
その上《うえ》を、北風《きたかぜ》がぴゅうぴゅう、ふきぬけてゆきます。
（こんなばんに、じけんがおきたら、いやだなあ。）
サクラ町《まち》の交番《こうばん》で、ひとり、ストーブに
あたりながら、わかいおまわりさんは思《おも》いました。
トントン。交番《こうばん》のドアを、だれかがたたきました。
「どうぞー。」
おまわりさんは、すわったまま、大声《おおごえ》でこたえました。
しかし、だれもドアをあけて、はいってきません。
すこしすると、また、トントン……。

(ちぇっ。はやくはいってくればいいのに。)

おまわりさんは、しぶしぶ、ストーブのそばから立《た》ちあがって、ドアをあけました。

つめたい風《かぜ》が、さっと、おまわりさんの顔《かお》にふきつけます。

赤《あか》いランプのあかりのそとに、だれかが立《た》っていました。

「道《みち》をおしえてくれませんか。ブカ、ブカ。」

黒《くろ》いかげが、小《ちい》さな声《こえ》でいいます。

「いいですよ。中《なか》にはいってください。」

「いえ、ここでけっこうです。ブカ。」

「あんたは、いいかもしれないが、ぼくがさむいんですよね。」

「そうですか。ブ、ブ、ブ。」

黒《くろ》いかげが、ランプのあかりの中《なか》に、はいってきました。

あれーっ。
おまわりさんは、そのときになって、はじめて気《き》がつきました。
そいつには、手《て》も足《あし》もありません。
まんまるな頭《あたま》。
雪《ゆき》だるまが、うごいてる！

おまわりさんは、びっくりして、気《き》ぜつしそうになりました。

でも、おまわりさんが気《き》ぜつしては、かっこうわるいので、ぐっとおなかに力《ちから》をいれて、できるだけ、へいきな顔《かお》をしてみせました。

雪《ゆき》だるまは、まるい体《からだ》で、ぴょんぴょんと、小《ちい》さくジャンプしながら、へやの中《なか》にはいってきます。

「やあ。ここは、あたたかいな。ブカ、ブカ。」

へやにはいるなり、雪《ゆき》だるまは、そういいました。

明《あか》るいでんとうの下《した》で見《み》ても、やっぱり、雪《ゆき》だるまにちがいありません。

目玉《めだま》は、青《あお》いゴムまり。鼻《はな》は、さんかくのつみ木《き》。口《くち》のところには、こわれたハーモニカをくっつけています。なにかしゃべるたびに、ブカブカなるのは、きっと、この口《くち》のせいでしょう。

「ええと、道《みち》をききたいと、いったね。」

おまわりさんは、あらためて、雪《ゆき》だるまにたずねました。

「そう、東京《とうきょう》にゆく道《みち》をおしえてください。ブカ、ブッ、ブッ。」

「東京《とうきょう》だって？」

おまわりさんは、もういちど、びっくりしました。

だって、サクラ町《まち》から東京《とうきょう》までは、すごく遠《とお》いのです。車《くるま》だって、二《ふつ》日《か》もかかります。

「東京《とうきょう》なんかに、どうやっていくつもりなんだい。」

「ぼく、あるいていくよ。ブカ、ブカ。」

おまわりさんは、またまた、おどろいてしまいました。

そのとき、おまわりさんは、ちょっと、首《くび》をかしげました。目《め》の前《まえ》の雪《ゆき》だるまを、どこかで見《み》たことがあるのに気《き》がついたのです。

思《おも》いだしました。

つい一週間《しゅうかん》まえ、雪《ゆき》のつもった朝《あさ》。三丁目《ちょうめ》の松村《まつむら》さんの家《いえ》のそばで、松村《まつむら》さんの子《こ》どもたちがつくっていた、あの雪《ゆき》だるまにちがいありません。

「あの、ひょっとしたら、きみは、三丁目《ちょうめ》の……。」

「ええ、松村《まつむら》さんちの雪《ゆき》だるまだよ。ブカ。」

雪《ゆき》だるまが、むねをはって、こたえます。

やっぱり、そうか。

おまわりさんは、うなずきました。

でも、あの松村《まつむら》さんなら、三日《みっか》まえにひっこしたはずです。パトロールのとき、大《おお》きなトラックがにもつをつんでいるのを見《み》かけました。

おまわりさんが、そのことをたしかめると、雪《ゆき》だるまは、みるみる、青《あお》いゴムまりの目《め》のふちから、なみだをこぼしはじめました。

「そうなの。東京《とうきょう》に、ひっこしていったの。ぼく、おいてきぼりになっちゃったんです。ブカ、ブ、ブ。」

「ふうん。それで、東京《とうきょう》にゆくつもりになったのか。松村《まつむら》さんのあたらしい家《いえ》をさがして。」

おまわりさんにも、やっと、わけがわかりかけてきました。

だけど、いくらおまわりさんでも、東京《とうきょう》までの長《なが》い道《みち》じゅんをひと口《くち》にせつめいすることは、できません。

それに、自動車《じどうしゃ》のたくさん走《はし》る道《みち》を、雪《ゆき》だるまが、ひとりであるいてゆけるとは思《おも》えません。

「きみ、あきらめたほうがいい。東京《とうきょう》というのは、すごく遠《とお》いんだぜ。」

「どれくらい？　ブ、ブ。」

「どれくらいって……。」

「一丁目《ちょうめ》のポストくらい？　ブッ、ブッ。」

「もっと、もっと。」

「じゃあ、サクラ小学校《しょうがっこう》より遠《とお》いの？　ブカブカブカ。」

「あの百倍《ひゃくばい》、いや、千倍《せんばい》はあるなあ。」

雪《ゆき》だるまは、なみだが、いっぱいたまった目《め》をひらいて、ちょっと考《かんが》えていました。

でも、すぐに、

「いやだよ。ぼく、松村《まつむら》さんちの雪《ゆき》だるまだもの。松村《まつむら》さんちにいくんだ。ブカブカ、ブカ。」

雪《ゆき》だるまは、だだをこねるみたいに、体《からだ》をゆすりました。

そのとたん、右《みぎ》の目《め》が、ころりとおちてしまいました。

どうやら、ストーブにあったまって、雪《ゆき》がとけはじめたようです。なみだに見《み》えたのも、目《め》のまわりの雪《ゆき》が、水《みず》になって、ながれだしたのかもしれません。

ゆかにころがったゴムまりをひろって、くっつけてやりながら、おまわりさんは、雪《ゆき》だるまにきいてみました。

「いったい、きみたちは、雪《ゆき》がとけてしまったら、どうなるの。」

「どうにもならないよ。雪《ゆき》がとけたら、水《みず》になって、それから、水《すい》じょう気《き》になるのさ。ブカ。水《すい》じょう気《き》になって、空《そら》にのぼると、雪雲《ゆきぐも》になるでしょ。そいでまた、雪《ゆき》になって、もどってくるの。ブカ、ブッ、ブッ。」

「それなら、雲《くも》になって、東京《とうきょう》にとんでゆきゃあいい。そして、松村《まつむら》さんの家《いえ》にふってやんなよ。」

「そりゃあ、雪雲《ゆきぐも》になれば、すぐ、とんでゆけるけど……。ブ、ブ、ブ。」

雪《ゆき》だるまは、かなしそうにこたえます。

「松村《まつむら》さんの子《こ》どもが、雪《ゆき》だるま、つくってくれるかなあ。それに、目《め》や口《くち》や鼻《はな》は、とんでゆけないもの。目《め》や鼻《はな》や口《くち》がちがったら、ぼくじゃないでしょ。ブッ、ブッ。」

なるほど、雪《ゆき》だるまのいうとおりかもしれません。

いくら、雪《ゆき》になって、東京《とうきょう》の松村《まつむら》さんの家《いえ》のにわにふっても、子《こ》どもたちがつくってくれなければ、雪《ゆき》だるまにはもどれないのです。

たとえ、雪《ゆき》だるまをつくっても、目《め》や口《くち》や鼻《はな》がちがっていては、べつの雪《ゆき》だるまになってしまいます。

おまわりさんは、目《め》の前《まえ》の雪《ゆき》だるまが、かわいそうになってきました。

おまわりさんのしごとは、どろぼうをつかまえたり、殺人《さつじん》はんにんをたいほするだけではありません。

町《まち》の中《なか》で、こまっている人《ひと》をたすけるのも、しごとのうちです。

もっとも、雪《ゆき》だるまは、人間《にんげん》ではありませんが……。

なんとか、こいつを東京《とうきょう》につれていってやりたいな。

おまわりさんは、うでをくんで、考《かんが》えこみました。

やがて、おまわりさんは、すてきなことを思《おも》いつきました。

「どうだろう。きみのその目《め》や口《くち》や鼻《はな》を、ぼくが、東京《とうきょう》の松村《まつむら》さんの家《いえ》におくってやろうか。

松村《まつむら》さんの子《こ》どもに、この目《め》や口《くち》や鼻《はな》をつかって、もう一ぺん、雪《ゆき》だるまをつくってくださいって。」

「ほんと？　ブ、ブカ、ブカ。」

「ほんとさ。でも、いま目《め》や口《くち》をとったら、三丁目《ちょうめ》にもどれなくなるな。よし、もとの場所《ばしょ》にもどっていたまえ。午前《ごぜん》三時《じ》のパトロールのとき、とってあげよう。」

雪《ゆき》だるまは、

「よろしくおねがいします。」

といって、ぺこりとおじぎをしました。

ところが、どうたいも、とけはじめていたので、あやうく、頭《あたま》がころげおちそうになりました。

雪《ゆき》だるまがもどってしまうと、おまわりさんは、

さっきまでのことが、みんな、ゆめの中《なか》のできごとだったような気《き》がしてきました。

雪《ゆき》だるまが、道《みち》をたずねるなんて……。

「うへえー。さむい、さむい、さむい。」

パトロールにでかけていた、あいぼうのおまわりさんが、北風《きたかぜ》といっしょにもどってきました。

「ごくろうさま。いま、お茶《ちゃ》をいれますね。」

わかいおまわりさんは、いそいで立《た》ちあがりました。

「あれ、この水《みず》、どうしたんだ？」

あいぼうのおまわりさんが、ストーブのそばのゆかをゆびさしました。

そこは、さっきまで、雪《ゆき》だるまが立《た》っていたところでした。

午前《ごぜん》三時《じ》のパトロールのとき、おまわりさんは、三丁目《ちょうめ》の松村《まつむら》さんの家《いえ》の前《まえ》で、立《た》ちどまりました。

ひょうさつをはずした家《いえ》の前《まえ》に、雪《ゆき》だるまのすがただけが、うす白《じろ》くうかびあがっています。

おまわりさんは、かいちゅうでんとうで、雪《ゆき》だるまをてらしてみました。

雪《ゆき》だるまは、しらん顔《かお》をして、立《た》っています。

おまわりさんは、あたりをうかがうと、雪《ゆき》だるまのそばによって、顔《かお》から、青《あお》いゴムまりと、つみ木《き》とハーモニカをはずしました。そして、いそいでオーバーのポケットにつっこみました。

（なんだか、どろぼうしているみたいだ。）

おまわりさんは、ふと思《おも》いました。

よく朝《あさ》は、いいお天気《てんき》でした。

きんむをおえた、おまわりさんは、家《いえ》にかえるとちゅう、三丁目《ちょうめ》の道《みち》をとおってみました。

だれもすんでいない家《いえ》の前《まえ》に、のっぺらぼうの雪《ゆき》だるまが、ぽつんと立《た》っています。

こうして、明《あか》るい日《ひ》の光《ひかり》の中《なか》で雪《ゆき》だるまをながめていると、やっぱり、ゆうべのことは、ゆめだったんじゃないかと、思《おも》えてなりません。

(いっそのこと、ポケットの中《なか》のゴムまりや、ハーモニカをもとの場所《ばしょ》にくっつけてやろうか。)

おまわりさんは、思《おも》いました。

そのとき、学校《がっこう》にゆく子《こ》どもたちが、二、三人《にん》、とおりかかりました。

「あれーっ。雪《ゆき》だるまの口《くち》がなくなってる。」

「鼻《はな》や、目《め》も、ないよ。きのうまで、あったのになあ。」

「きっと、わるいやつが、とっていったんだ。」

「かわいそうなこと、するわねえ。」

子《こ》どもたちが立《た》ちどまって、口《くち》ぐちにしゃべりあっています。

おまわりさんは、いそいであるきだしました。

一週間《しゅうかん》、あたたかな天気《てんき》がつづき、町《まち》の中《なか》にきえのこっていた雪《ゆき》も、みんなとけてしまいました。

三丁目《ちょうめ》の雪《ゆき》だるまも、いつのまにかきえてしまいました。

それから、また一週間《しゅうかん》。サクラ町《まち》は、また、さむくなってきました。

そんなある日《ひ》、わかいおまわりさんのところに、一つうの手紙《てがみ》がとどきました。

おまわりさん、元気《げんき》ですか。

ぼくも、妹《いもうと》のユミも、元気《げんき》です。

きのう、東京《とうきょう》にひっこして、はじめて雪《ゆき》が

5センチくらい、つもりました。

ぼくは、おまわりさんの手紙《てがみ》をよんでいたので、

すぐに雪《ゆき》だるまをつくりました。

そして、こづつみでおくってくれた

ハーモニカとゴムまりとつみ木《き》で、

口《くち》と目《め》と鼻《はな》をつけました。

雪《ゆき》がすくなくて、サクラ町《まち》でつくったときより、

すこし小《ちい》さくなったけれど、

顔《かお》は、そっくりになりました。

きっと、あの雪《ゆき》だるまだと思《おも》います。

おまわりさんは、松村《まつむら》さんの子《こ》どもの手紙《てがみ》をよみながら、すこししんぱいになりました。

あの雪《ゆき》だるま、雪《ゆき》になって、東京《とうきょう》までとんでゆけたのだろうか。空《そら》の上《うえ》から、松村《まつむら》さんのあたらしい家《いえ》をみつけただろうか。

もしかしたら、まだ水《すい》じょう気《き》にもなれないで、そのへんの水《みず》たまりになっているのじゃないだろうか。

なあに、ちゃんと雲《くも》になって、とんでいったさ。そいで松村《まつむら》さんの家《いえ》のにわで、もういちど、雪《ゆき》だるまになったにちがいない。

サクラ町《まち》も、今夜《こんや》はまた、雪《ゆき》になりそうです。

ともだちみっけ

サムくん、ほんとうの名前《なまえ》は、原田《はらだ》おさむですが、友《とも》だちは、サムくんとよびます。

サムくんは、青葉小学校《あおばしょうがっこう》一年《ねん》一組《くみ》、山野《やまの》はるこ先生《せんせい》のクラスです。

サムくんの友《とも》だちは、いっぱいいます。

だって、サムくんは、「友《とも》だちみっけ」の名人《めいじん》だからです。

朝《あさ》、学校《がっこう》にいくとき、サムくんのふくのそでに、テントウムシがとまりました。

「友《とも》だち、みっけ！」

サムくんは、テントウムシにいいました。

「テントウムシさん、いっしょに学校《がっこう》にいこうよ。」

テントウムシは、頭《あたま》をもぞもぞうごかして、

「いくよ、いくよ。」

と、いいました。

あるいていると、ブロックべいのねもとに、トカゲがひなたぼっこをしていました。

「友《とも》だち、みっけ！」

サムくんは、トカゲをつまみあげました。

「トカゲくん、学校《がっこう》にいかない？」

トカゲは、ピンク色《いろ》の口《くち》をばくばくしました。

「うん、いく、いく。」

サムくんは、トカゲをズボンのポケットにいれてあげました。

学校《がっこう》が見《み》えてきたとき、むこうから子犬《こいぬ》があるいてきま

した。

「友《とも》だち、みっけ！」

サムくんは、子犬《こいぬ》の頭《あたま》をなでていいました。

「おい、学校《がっこう》にいかないか。」

子犬《こいぬ》は、しっぽをふってこたえました。

「いいとも。運動場《うんどうじょう》でおにごっこしよう。」


校門《こうもん》の前《まえ》に、六年生《ねんせい》のおにいさんとおねえさんが立《た》っていました。

「サムくんは、はいってもいいけど、犬《いぬ》はおことわりよ。」

おねえさんが、こわい顔《かお》でいったので、子犬《こいぬ》は、すごすごかえっていきました。


「テントウムシは……？」

サムくんがたずねると、おねえさんは、

「テントウムシなら、いいわ。」

と、いいました。

「トカゲは……？」

サムくんがポケットからトカゲをとりだすと、おねえさんは、キャッと、いってにげだしました。


サムくんは、トカゲとテントウムシをつれて、教室《きょうしつ》にはいりました。

「サムくん、友《とも》だち、みつかった？」

たかしくんが、たずねました。

「うん。ふたり、みつけたよ。テントウムシさんとトカゲくん……。」

サムくんは、トカゲをつくえの上《うえ》におきました。

でも、トカゲはつくえからとびおりて、あっというまに、教室《きょうしつ》のすみのゆかのすきまに、かくれんぼしてしまいました。

あわてておいかけると、こんどはテントウムシも、サムくんのふくからとびたって、まどのそとににげていきました。

「なんだ。トカゲくんもテントウムシさんも、べんきょうがきらいなのか。」

サムくんは、がっかりしました。

「サムくん、あそびにいこうよ。」

たかしくんが、さそいました。

運動場《うんどうじょう》にでると、クラスの子《こ》どもたちがあそんでいました。

「友《とも》だち、みっけ！」

サムくんは、チャイムがなるまで、いっぱいあそびました。

一時間目《じかんめ》は、算数《さんすう》のべんきょうでした。

先生《せんせい》が黒板《こくばん》に、りんごのカードをみっつはって、そのよこに、みかんのカードをふたつはりました。

「りんごは、三こありますね。みかんは、二こあります。これをたすと……。」

先生《せんせい》が、りんごのそばに、みかんのカードをくっつけました。

「あわせて、いくつになるでしょう。」

はい、はい、はいと、手《て》があがりました。

サムくんも、手《て》をあげました。それから、そっととなりのせきを見《み》ました。

奥山《おくやま》あかねさんは、手《て》をあげていません。下《した》をむいたままです。

「奥山《おくやま》さん、五こだよ。」

サムくんは、小《ちい》さな声《こえ》でおしえてあげました。

奥山《おくやま》さんが、ほそい目《め》で、ちらりとサムくんを見《み》ました。でも、手《て》をあげようとしません。

「こたえは、五こだってば。」

サムくんは、思《おも》わず大《おお》きな声《こえ》でさけびました。

「原田《はらだ》くん、まだ、あててないでしょ。」

先生《せんせい》が、ちゅういしました。それから、

「はい。りんごを三こ、みかんを二こ、あわせると、五こになりますね。数字《すうじ》でかくと、こうなります。」

先生《せんせい》は、黒板《こくばん》に、「3＋2＝5」とかきました。

せっかくおしえてあげたのに、奥山《おくやま》さんは、どうして手《て》をあげなかったのでしょう？　サムくんのこたえが、まちがっていると、思《おも》ったのでしょうか。

奥山《おくやま》さんとは、五月《がつ》のせきがえでおとなりになりました。

サムくんは、すぐにいいました。

「ぼく、原田《はらだ》おさむ。きみ、なんて名前《なまえ》？」

奥山《おくやま》さんは、ちらりとサムくんを見《み》ました。それから、やっとききとれるくらいの小《ちい》さな声《こえ》で、

「あかね……。奥山《おくやま》あかね……。」

と、こたえました。

それっきり、下《した》をむいてしまいました。

奥山《おくやま》さんは、ほかの子《こ》どもとも、あまり話《はな》しません。あそび時間《じかん》になると、ひとりですな場《ば》にしゃがんでいます。

奥山《おくやま》さんは、どうして、友《とも》だちとあそばないのかなあ？

サムくんは、おかあさんにきいてみました。

「ああ、奥山《おくやま》あかねちゃんね。あの子《こ》、入学式《にゅうがくしき》のすこしまえに、ひっこしてきたそうよ。だから、お友《とも》だちがいないんでしょう。」

おかあさんが、おしえてくれました。

「おさむちゃん、なかよくしてあげなさい。」

だから、サムくんは、奥山《おくやま》さんに、できるだけ話《はな》しかけるようにしています。それでも、奥山《おくやま》さんは、あまり話《はな》しません。


その日《ひ》、サムくんは、たかしくんちであそんでいました。六時《じ》になったので、あわててたかしくんの家《いえ》をとびだしました。

そとは、もう夕《ゆう》ぐれです。おひさまが、三丁目《ちょうめ》の山《やま》の上《うえ》で、まっかになっています。

公園《こうえん》の近《ちか》くまで、もどってきたときです。
かきねのそばから人《ひと》かげがあらわれて、サムくんの前《まえ》に立《た》ちました。
夕日《ゆうひ》がまぶしくて、顔《かお》がよく見《み》えませんが、男《おとこ》の人《ひと》のようです。
長《なが》いコートをきて、つばのあるぼうしをかぶっていました。
「ぼうや、ちょっときいてみるんだが、青葉町《あおばまち》三丁目《ちょうめ》は、どのあたりかな。」
男《おとこ》の人《ひと》が、しゃがれた声《こえ》でたずねます。
どうやら、おじいさんのようです。
「ええとね、三丁目《ちょうめ》は、
あっちのほう。」
サムくんは、山《やま》のほうをゆびさしました。

「なるほど、あちらが三丁目《ちょうめ》なのか。三丁目《ちょうめ》に、『なのはなアパート』というのがあるんだが、きいたことは、ないかね。」

なのはなアパートなんて、見《み》たこともきいたこともありません。

三丁目《ちょうめ》は、青葉町《あおばまち》の中《なか》でもいちばん高《たか》いところで、あまり家《いえ》のないところです。バッタをとりに、なんどもでかけたことがあるから、よくしっています。

サムくんが首《くび》をふると、おじいさんは、ほっとためいきをつきました。見《み》ると、足《あし》もとに大《おお》きなかばんがおいてありました。

「やれやれ、せっかくたずねてきたというのになあ。」

「おじいさんは、遠《とお》くからきたの。」

サムくんがたずねると、おじいさんは、大《おお》きくうなずきました。

「山《やま》おくから、でてきたんだよ。むすこふうふがぶじにくらしているか、しんぱいでな。ようすを見《み》にきたんだが……。」

おじいさんがぼうしをぬいで、ハンカチで頭《あたま》をふきました。

そのひょうしに、顔《かお》がよく見《み》えました。

頭《あたま》のはげあがった、やさしそうなおじいさんです。

サムくんは、おじいさんがかわいそうになりました。せっかくたずねてきたのに、むすこさんの家《いえ》がみつからないらしいのです。

「三丁目《ちょうめ》まで、いっしょにいこう。ぼくがみつけてあげるよ。」

サムくんは、おじいさんにいいました。

「そうかね。それは、たすかるなあ。」

おじいさんは、とたんに元気《げんき》になりました。

三丁目《ちょうめ》につくと、サムくんは、あたりを見《み》まわしました。

山《やま》のふもとまで、ざっ草《そう》のはえたあき地《ち》がつづき、ひろい坂道《さかみち》にそって、ぽつんぽつんと家《いえ》がたっていますが、アパートらしいたてものは見《み》あたりません。

坂道《さかみち》をどんどんのぼっていくと、やがて山《やま》のそばにつきました。もう、家《いえ》は一けんもありません。

「アパート、みつからないねえ。」

サムくんがふりかえると、おじいさんは、山《やま》すそのあたりを、じっと見《み》つめていました。

が、きゅうに、うれしそうにさけびました。

「おお、あった、あった。あれが、なのはなアパートにちがいない。」

ふりかえると、山《やま》のすぐそばに、ふるい二かいだてのアパートがたっているではありませんか。

「あれーっ。」

サムくんは、思《おも》わず声《こえ》をあげました。ついさっきまで、あんなアパートなんて、ありませんでした。

いったい、いつのまにたったのでしょうか。

そのときです。

「おじいちゃん！」

アパートの入《い》り口《ぐち》で声《こえ》がして、女《おんな》の子《こ》がひとり、とびだしてきました。

奥山《おくやま》あかねさんでは、ありませんか。

奥山《おくやま》さんが、おじいさんにとびつきました。

「おお、あかねじゃないか。大《おお》きくなったなあ。」

おじいさんがかばんをほうりだして、奥山《おくやま》さんをだきあげました。

「おじいちゃんは、かわんないね。」

奥山《おくやま》さんが、明《あか》るい声《こえ》でいいました。

奥山《おくやま》さんが、あんなに大《おお》きな声《こえ》で話《はな》すのをきいたのは、はじめてです。

まるで、べつの人《ひと》みたいです。

そのとき、サムくんは、目《め》をぱちくりしました。

おじいさんのコートのすそから、きいろいふさふさのしっぽがたれさがり、ゆさゆさゆれているではありませんか。

奥山《おくやま》さんを見《み》ると、奥山《おくやま》さんの赤《あか》いスカートの下《した》からも、かわいらしいしっぽがのぞいていています。

「あああ！」

思《おも》わず声《こえ》をあげたとたん、おじいさんと奥山《おくやま》さんが、サムくんのほうをふりかえりました。そして、あわてたように、おたがいのおしりをながめます。

「なんじゃ、あかね。まだまだ、ばけるのがへたくそだのう。」

「おじいちゃんだって、しっぽがのぞいてるわよ。」

「そりゃあ、ひさしぶりにまごにあったんだ。うれしまぎれに、ばけのかわがはがれたのさ。」

おじいさんは、ははははと、わらいました。

サムくんは、おそるおそるきいてみました。

「あの、おじいちゃんのさがしてたの、奥山《おくやま》さんちだったの？」

「ぼうやは、あかねのことをしってるのかい。」

「しってるよ。友《とも》だちなんだもの。」

「ほほう。あかねは、もう人間《にんげん》のお友《とも》だちをみつけたのか。かんしん、かんしん。」

おじいさんが、奥山《おくやま》さんの頭《あたま》をなでました。

「じつはな、わしが道《みち》にまよって、こまってるところを、このぼうやにたすけてもらったんじゃ。」

おじいさんがいうと、奥山《おくやま》さんは、にっこりわらいました。それから、小《ちい》さな声《こえ》で、

「原田《はらだ》くん、ありがとう。」

奥山《おくやま》さんがわらったのを見《み》たのは、はじめてです。

「奥山《おくやま》さんて、人間《にんげん》だと思《おも》ってたけど、もしかして……。」

奥山《おくやま》さんが、わらうのをやめました。そして、まじめな顔《かお》になりました。

「あのね、あたしたち、ほんとはきつねなの。」

「て、いうことは、おとうさんもおかあさんも、きつねなの？」

「もちろんよ。パパもママも、人間《にんげん》の会社《かいしゃ》ではたらいているわ。だから、あたしも、人間《にんげん》の学校《がっこう》にかようことにしたの。」

奥山《おくやま》さんがきつねだったなんて、サムくんは、ほんとうにびっくりしてしまいました。

「ぼうや、そんなわけで、あかねは、まだあまり人間《にんげん》のくらしになれておらん。どうか、これからもなかよくしておくれ。」

おじいさんが、サムくんにいいました。

「うん、いいよ。ぼく、奥山《おくやま》さんの友《とも》だちだもの。」

「それから、もうひとつ。」

おじいさんが、サムくんの顔《かお》を、じっと見《み》つめました。

「わしらがきつねだということは、ないしょにしておいてほしいんだが……。やくそくできるかな。」

サムくんは考《かんが》えました。奥山《おくやま》さんがきつねだってことがわかると、おおさわぎになるかもしれません。

「わかった。ひみつにする。」

サムくんは、こっくりうなずきました。

つぎの日《ひ》、サムくんは、いつものように学校《がっこう》にいきました。

奥山《おくやま》さんは、もうさきにきて、せきにすわっていました。

「奥山《おくやま》さん、あのこと、だれにも話《はな》してないからね。」

サムくんは、小声《こごえ》でささやきました。

「……？」

奥山《おくやま》さんが、ふしぎそうな顔《かお》をします。

「だからさ、おじいちゃんにあったことも、奥山《おくやま》さんのことも……。」

「おじいちゃんて、だれのおじいちゃん？」

奥山《おくやま》さんが、首《くび》をかしげます。

「きみんちのおじいちゃんに、きまってるだろ。」

「あたしには、おじいちゃんなんていないわよ。おばあちゃんはいるけど。」

奥山《おくやま》さんが、みんなにきこえるくらい、大《おお》きな声《こえ》でこたえました。

「だって、きのう、三丁目《ちょうめ》のきみんちまで、つれていったじゃないか。わすれちゃったの？」

サムくんも、まけずに大《おお》きな声《こえ》をあげます。

みんなが、ふたりのせきによってきました。

「ほら、山《やま》のそばのアパートだよ。」

サムくんが、そういったとき、佐々木《ささき》まきさんがいいました。

「サムくん、なにいってるの。あかねちゃんちは、あたしとおんなじマンションなのよ。四月《がつ》のはじめにひっこしてきたの。」

佐々木《ささき》さんの家《いえ》なら、サムくんもしっています。二丁目《ちょうめ》の青葉《あおば》マンションです。サムくんは、わけがわからなくなりました。

サムくんは、奥山《おくやま》さんの顔《かお》を、つくづくとながめました。

「ええとさあ、きのうの夕方《ゆうがた》、公園《こうえん》のそばでおじいさんにあって……。それで、三丁目《ちょうめ》のなのはなアパートにいったんだよ。そしたら、アパートからきみがでてきて、きみのおじいちゃんだって……。」

サムくんがそこまでしゃべったとき、よこから、たかしくんが顔《かお》をつきだしました。

「三丁目《ちょうめ》に、アパートなんかないぞ。サムくん、ゆめでも見《み》てたんじゃないの。」

すると、奥山《おくやま》さんが、ぽんと手《て》をたたきました。

「サムくん、もしかして、きつねにだまされたんじゃないのかしら。三丁目《ちょうめ》のうら山《やま》には、きつねがすんでいるんだって。それでね、ときどき、きつねにばかされることがあるそうよ。」

「きっとそうだよ。サムくん、きつねにだまされたんだ。」

たかしくんがいうと、佐々木《ささき》さんも、

「ねえ、ねえ、そのおじいさんて、どこかへんじゃなかった。しっぽがはえてたり、耳《みみ》がとがってなかった。」

サムくんの顔《かお》を、のぞきこみます。

サムくんは、考《かんが》えました。たしかに、おじいさんも、奥山《おくやま》あかねさんも、自分《じぶん》たちはきつねだといいました。でも、そのことを、みんなに話《はな》してもいいのでしょうか？

サムくんは、だまって首《くび》をふりました。それから、ゆっくりとこたえました。

「そんなこと、ないよ。やさしそうなおじいちゃんだったよ。アパートをみつけてくれて、ありがとうって……。それから、奥山《おくやま》さんと、なかよくしてくれって……。」

たかしくんと、佐々木《ささき》さんも、ちょっとだまっていました。

そのうち、佐々木《ささき》さんがいいました。

「サムくん、きつねと友《とも》だちになったのかもしれないわねえ。」

たかしくんも、うなずきました。

「サムくんは、友《とも》だちみっけの名人《めいじん》だもの。」

それから、ははは と、わらいました。

佐々木《ささき》さんも、くすくすわらいました。

奥山《おくやま》さんも、にこにこわらっています。

なるほど、佐々木《ささき》さんのいうとおり、

サムくんは、きつねにばかされていたにちがいありません。きつねが、奥山《おくやま》さんや、奥山《おくやま》さんのおじいちゃんにばけて、サムくんをだましたのです。

チャイムがなって、たかしくんも、佐々木《ささき》さんも、自分《じぶん》のせきにもどっていきました。

教室《きょうしつ》がしずかになりました。

ふと、サムくんの耳《みみ》もとで、奥山《おくやま》さんの声《こえ》がしました。

「サムくん、ありがとう。やくそく、まもってくれたんだ。」

ふりむくと、奥山《おくやま》さんが、サムくんの顔《かお》を見《み》つめていました。

「さっきは、うそついて、ごめんなさい。サムくんがであったの、あたしのおじいちゃんなの。」

「えっ。それじゃあ、きのうのことは、みんな、ほんとのことだったの。」

奥山《おくやま》さんが、こっくりうなずきました。

「あたしたち、四月《がつ》に、二丁目《ちょうめ》の青葉《あおば》マンションにひっこしたんだけど、三月《がつ》までは、三丁目《ちょうめ》のなのはなアパートにすんでたの。おじいちゃんには、ひっこしたこと、まだしらせてなかったのね。

おじいちゃんがあそびにくるって手紙《てがみ》が、なのはなアパートからまわされてきたから、あたし、もとのアパートまでむかえにいったのよ。そしたら、サムくんもいっしょだったから、びっくりしちゃった。」

奥山《おくやま》さんが、ちょっとわらいました。

「て、いうことは、きみはやっぱり……。」

ふと見《み》ると、奥山《おくやま》さんのスカートのすそから、かわいらしいしっぽがのぞいています。

でも、サムくんが目《め》をこすったとたん、しっぽはすぐに見《み》えなくなりました。

なみだちゃんばんざい

タチバナ小学校《しょうがっこう》一年《ねん》一組《くみ》で、いちばんかわいい子《こ》、といえば、それは、なみだちゃんです。

スタイルもいいし、目《め》が大《おお》きくて、まるでアイドルタレントみたいです。もし、小学校《しょうがっこう》アイドルコンテストなんてのがあれば、きっと一とう、わるくても、三とうにはなれたでしょう。

こんなかわいい女《おんな》の子《こ》なのに、なみだちゃんの人気《にんき》は、あまりありません。

それは、なみだちゃんが、とびきりのなき虫《むし》だからです。

なみだちゃんというのは、もちろんあだ名《な》。ほんとうの名前《なまえ》は、西村《にしむら》京子《きょうこ》といいます。

でも、山口先生《やまぐちせんせい》のほかに、なみだちゃんのほんとうの名前《なまえ》をよんでくれるものはいません。

みんな、なみだちゃんとか、なみだっぺ、とよびます。

まったく、なみだちゃんは、よくなくのです。けれど、それだけなら、ごくふつうのなき虫《むし》とかわりありません。

問題《もんだい》は、そのなき声《ごえ》です。

なみだちゃんのなき声《ごえ》の大《おお》きなことといったら、消防車《しょうぼうしゃ》のサイレンが小《ちい》さくきこえるぐらいです。

さいしょ、山口先生《やまぐちせんせい》も、なみだちゃんのなき声《ごえ》にびっくりしました。

そこで、なんとかなきやむように、なぐさめたものです。

ところが、なみだちゃんときたら、いちどなきはじめると、なかなかなきやみません。

先生《せんせい》も、しまいには、おこってしまいました。

「そんなになきたいのなら、ろうかでないてらっしゃい。」

しかし、これが大《だい》しっぱい。

ろうかにでると、なみだちゃんは、いよいよ、声《こえ》をはりあげてなきます。

たちまち、まわりの教室《きょうしつ》のまどがあいて、ほかのクラスの先生《せんせい》が顔《かお》をだしました。

「山口先生《やまぐちせんせい》、その子《こ》、なんとかしてください。うるさくて、べんきょうができません。」

あべこべに、山口先生《やまぐちせんせい》がしかられるしまつ。

けっきょく、なみだちゃんは、教室《きょうしつ》にもどり、べんきょうがはじまりました。

でも、いくら先生《せんせい》が大声《おおごえ》をはりあげても、なみだちゃんのなき声《ごえ》がうるさくて、べんきょうどころではありません。

とうとう、なみだちゃんがなきやむまで、べんきょうはおあずけ、ということになりました。

こまったことに、なみだちゃんは、いちどなきだすと、さいてい三十分《ぷん》はなきつづけます。

長《なが》いときには、朝《あさ》から夕方《ゆうがた》まで、ずっとなくこともあります。

べんきょうぎらいの子《こ》どもにとって、なみだちゃんは、べんりな子《こ》どもです。

いやなじゅぎょうのとき、なみだちゃんをいじめてやればいいのです。

なみだちゃんは、ほんのちょっとしたことでも、かんたんになみだをこぼします。

なみだちゃんがなきだせば、じゅぎょうはお休《やす》みになります。

でも、一年《ねん》一組《くみ》の子《こ》どもは、けっして、なみだちゃんをいじめたりしません。なみだちゃんのなき声《ごえ》をきかされるよりは、べんきょうをしているほうがすこしはましだ、ということを、よくしっているからです。

それでも、なみだちゃんは、ちょくちょくなくのです。

その年《とし》は、五月《がつ》ごろから、ずいぶんあつくなりました。おまけに、から梅雨《つゆ》で、六月《がつ》から七月《がつ》にかけて、一てきも雨《あめ》がふりませんでした。町《まち》のまん中《なか》をながれる大川《おおかわ》の水《みず》も、いつもの半分《はんぶん》ぐらいになっています。

「今年《ことし》は水不足《みずぶそく》で、プールがつかえません。体育《たいいく》の水泳《すいえい》はありません。」

七月《がつ》のはじめ、校長先生《こうちょうせんせい》が発表《はっぴょう》しました。

「つまんないよ。今年《ことし》は、クロールの練習《れんしゅう》するつもりだったんだ。」

村上《むらかみ》くんが、ざんねんそうにいいました。

村上《むらかみ》くんは、平泳《ひらおよ》ぎで、二十五メートル泳《およ》げるのです。

プールの水《みず》がないだけなら、なんとかがまんできました。

そのうち、水道《すいどう》の水《みず》が、ときどきとまるようになりました。

大川《おおかわ》の上流《じょうりゅう》にある水源地《すいげんち》の水《みず》が、のこりすくなくなったからです。

「このままでは、町《まち》の水道《すいどう》も、かんぜんにストップすることになります。みなさんも、水《みず》をたいせつにね。」

夏休《なつやす》みが近《ちか》づいたある日《ひ》、山口先生《やまぐちせんせい》がみんなにちゅういしました。

そのとき、教室《きょうしつ》の一ばん前《まえ》のせきから、クシュン、クシュンという、すすりなきがきこえたかと思《おも》うと、たちまち、うえーんという、もうれつなき声《ごえ》にかわりました。なみだちゃんが、なきだしたのです。

「うえーん、うえーん。水《みず》がなくなったら、わたしたち、しんでしまうんでしょ。うえーん。わたし、のどがかわいてしぬの、いやだー。うえーん。」

なみだちゃんが、なきながらいいます。

「だいじょうぶよ。そのうち、きっと雨《あめ》がふります。大学《だいがく》の先生《せんせい》が、雨《あめ》をふらせるけんきゅうをなさってるの。」

山口先生《やまぐちせんせい》が、あわててなぐさめましたが、いちどなきだしたなみだちゃんのなみだは、神《かみ》さまだって、やすやすととめられるものではないのです。

「やれやれ、西村《にしむら》さんの目《め》は、水不足《みずぶそく》なんてことはないのねえ。」

先生《せんせい》が、なさけなさそうにいいました。

まったく、先生《せんせい》のいうとおり。このからから天気《てんき》でも、なみだちゃんの目《め》だけは、いつもとかわりなく、けいきよくなみだがあふれて、ポタリ、ポタリと、つくえの上《うえ》にこぼれています。

こぼれたなみだは、水《すい》じょう気《き》になって立《た》ちのぼり、なみだちゃんの頭《あたま》の上《うえ》、一メートルぐらいのところで、小《ちい》さな雲《くも》になっています。

それに気《き》がついたのは、村上《むらかみ》くんです。

「見《み》ろよ。なみだちゃんの頭《あたま》の上《うえ》に、雲《くも》ができてるぞ。」

クラスのみんなも気《き》がついて、わいわい、さわぎだしました。

なみだちゃんも、なきながら、頭《あたま》の上《うえ》を見《み》あげました。

「まあ、わたしのなみだでできた雲《くも》なんだわ。」

なみだちゃんは、びっくりしたひょうしに、なきやんでしまいました。

すいかぐらいの白《しろ》い雲《くも》は、みるみるうすれて、きえてしまいました。

「なみだで雲《くも》ができるなんて、しんじられないわ。」

山口先生《やまぐちせんせい》は、さっそく、大学《だいがく》で雲《くも》のけんきゅうをしている雲《くも》はかせに電話《でんわ》しました。

「それは、なみだ雲《ぐも》だな。その子《こ》は、すてきによくなく子《こ》どもではないかね？」

さすがは、雲《くも》はかせです。雲《くも》のことはなんでもよくしっているのです。

「そうなんです。なみだちゃん、というあだ名《な》がついています。」

山口先生《やまぐちせんせい》は、なみだちゃんについて、せつめいしました。

「ふうん、なるほど。じつは、いま人工雨《じんこうう》のけんきゅうをしておるんだが、そのなみだちゃんにも、きょうりょくしてもらえないかなあ。」

「いったい、どんなきょうりょくですの。」

「つまり、なみだちゃんの雲《くも》は、雨《あめ》をふらせる力《ちから》があるかどうか、しらべてみたいのだよ。これがせいこうすれば、人工雨《じんこうう》をふらせることができるかもしれん。ぜひ、たのみます。」


よく日《じつ》、タチバナ小学校《しょうがっこう》に、雲《くも》はかせが、大《おお》きな機械《きかい》をかついだ助手《じょしゅ》をつれてやってきました。

雲《くも》はかせは、なみだちゃんを見《み》ると、にこにこしながらいいました。

「ほほう、きみがなみだちゃんか。とびきりのなき虫《むし》らしいね。なみだ雲《ぐも》のできるなき虫《むし》は、ひじょうにすくないいんじゃよ。」

とたんに、なみだちゃんは顔《かお》をしかめました。

「まあ、山口先生《やまぐちせんせい》がつげ口《ぐち》したのね。ひどいわ。わたしが、とびきりのなき虫《むし》だなんて。ひどいわ、ひどい、ひどい……。」

なみだちゃんの目《め》に、たちまち大《おお》きななみだのつぶができました。そして……、

「それ、なみだちゃんがなきだしたぞ。なみだ雲《ぐも》、採集《さいしゅう》かいし！」

雲《くも》はかせが助手《じょしゅ》にめいれいすると、助手《じょしゅ》は銀色《ぎんいろ》の機械《きかい》から、一本《ぽん》のパイプをひきだして、なみだちゃんの頭《あたま》の上《うえ》にむけました。

すると、なみだちゃんの頭《あたま》の上《うえ》にできた雲《くも》が、はしからパイプの中《なか》にすいこまれていきます。

なみだちゃんは、そんな機械《きかい》がめずらしくて、ふだんの半分《はんぶん》ぐらいで、なきやんでしまいました。

それでも、十五分《ふん》はたっぷりないたので、なみだ雲《ぐも》の採集《さいしゅう》はせいこうしたようです。

雲《くも》はかせは、大学《だいがく》にもどって、なみだ雲《ぐも》のけんきゅうにとりかかりました。そして、おどろくような大発見《だいはっけん》をしたのです。

雲《くも》はかせは、すぐ町《まち》の市長《しちょう》さんにあいにいきました。

「市長《しちょう》さん、すぐに町《まち》の幼稚園《ようちえん》と、小学校《しょうがっこう》、いや、中学《ちゅうがく》にもだ。それに、いっぱんの市民《しみん》にもよびかけなさい。なき虫《むし》、なきべそ、なみだもろい人《ひと》、とにかく、よくなく人《ひと》をタチバナ小学校《しょうがっこう》の運動場《うんどうじょう》にあつめるのじゃ。」

「雲《くも》はかせ、いったい、なにごとがはじまるんです？」

市長《しちょう》さんは、びっくりしました。

「人工雨《じんこうう》をふらせるのです。わがはいのけんきゅうによれば、なみだちゃんのなみだ雲《ぐも》は、ふつうの雨雲《あまぐも》の何十倍《なんばい》の水分《すいぶん》をふくんでおる。しかし、なみだちゃんひとりでは、小《ち》さな雲《くも》しかできん。」

「なるほど、わかりました。みんなで大《おお》きななみだ雲《ぐも》をつくるんですね。よろしい。ただちに、ラジオとテレビで、市民《しみん》のみなさんによびかけましょう。ところで、じつは、はかせ……。」

市長《しちょう》さんは、ちょっとはずかしそうに、ことばをつづけました。

「わたしも、その……、なみだもろいほうでして、お酒《さけ》によっぱらうと、すぐなきだすのです。」

「なきじょうご、というやつですな。けっこうです。そんな人《ひと》にもさんかしてもらいましょう。ただしお酒《さけ》は市役所《しやくしょ》でよういしてくださいよ。」

つぎの日《ひ》の朝《あさ》、タチバナ小学校《しょうがっこう》の運動場《うんどうじょう》には、町《まち》じゅうのなき虫《むし》があつまってきました。

小学校《しょうがっこう》や幼稚園《ようちえん》の代表《だいひょう》、お酒《さけ》をのむとすぐになきだす、おじさんやおばさんなど、よくもこんなに大《おお》ぜいのなき虫《むし》がいたものだと、かんしんするほどです。

どうまちがえたのか、おねしょの代表《だいひょう》がやってきた小学校《しょうがっこう》もあります。

もちろん、タチバナ小学校《しょうがっこう》からは、なみだちゃんをせんとうに、十人《にん》のなき虫代表《むしだいひょう》がさんかしました。

全員《ぜんいん》があつまったところで、雲《くも》はかせが朝礼台《ちょうれいだい》にあがりました。

「本日《ほんじつ》は、あつい中《なか》をごくろうです。どうか、みなさんのなみだで、町《まち》の空《そら》に大《おお》きななみだ雲《ぐも》をつくっていただきたい。では、ただいまから、なみだ雲計画《ぐもけいかく》をはじめます。」

雲《くも》はかせのことばで、なきじょうごのおとなたちは、いっせいに、お酒《さけ》をのみはじめました。

幼稚園《ようちえん》や小学校《しょうがっこう》の代表《だいひょう》のまわりでは、これもえらばれてやってきたいじめっ子《こ》の代表《だいひょう》や、こわい先生《せんせい》が立《た》っていて、

「こらあっ。さっさとなかんか。」

と、おそろしい顔《かお》でどなったり、

「やあい、やあい。なき虫《むし》、毛虫《けむし》、はさんですてろ。」

なんて、はやしたてたりします。

中学校《ちゅうがっこう》のおねえさんたちは、運動場《うんどうじょう》のすみのテレビの前《まえ》にあつまって、かなしいドラマを見《み》ています。

さすが、えらばれてやってきたなき虫《むし》たちだけあって、ほんの二十秒《びょう》とたたないうちに、ひとり、またひとりと、しゃくりあげ、やがてタチバナ小学校《しょうがっこう》はなき声《ごえ》の大合唱《だいがっしょう》になりました。

こうしてみると、なきかたにも、いろいろあることがわかります。

クシュン、クシュンと、しゃくりあげるだけの男《おとこ》の子《こ》。

うおーん、うおーんと、ライオンみたいな大声《おおごえ》でなくおじさん。

口《くち》だけ大《おお》きくあけて、声《こえ》をださない、ふしぎななきかたをする女《おんな》の子《こ》。

ハンカチを顔《かお》にあてて、おーい、おい、おーい、おいと、まるでだれかをよんでいるような声《こえ》をだす、おねえさん。みんな、さまざまです。

タチバナ小学校《しょうがっこう》の運動場《うんどうじょう》は、はやくも、なき虫《むし》たちのながすなみだで

おさけ

できた、きりにつつまれて、ぼんやりけむって見《み》えます。

十分《ぷん》、二十分《ぷん》、そして三十分《ぷん》。

しかし、空《そら》はあいかわらずまっ青《さお》にはれあがり、ひとかけらの雲《くも》さえ見《み》えません。

「まだまだ、なみだの量《りょう》がすくないと見《み》えるな。それ、みなさん、元気《げんき》よくないてくださいよ。」

雲《くも》はかせが、さかんにみんなをはげまします。

とうとう、一時間《じかん》たちました。

それでも空《そら》は、あいかわらずの上天気《じょうてんき》。さすがのなき虫《むし》たちも、そろそろくたびれてきました。

なき声《ごえ》も小《ちい》さくなり、中《なか》には、なきつかれて、地面《じめん》にすわったまま、いねむりをする子《こ》どももでてきました。

びっくりしたのは、雲《くも》はかせです。

「みなさん、いまがたいせつなときですぞ。雨《あめ》がふらなくてもいいのですか？　みなさんがないてくれぬと、わがはいは、わがはいは……。」

雲《くも》はかせは、朝礼台《ちょうれいだい》の上《うえ》に立《た》って、おいおい、なきはじめました。

すると、なき虫《むし》なかせがかりのいじめっ子《こ》たちも、それにつられて、なきはじめました。

「なあ、たのむよう。みんな、ないてくれよう。おれ、プールでおよぎたいんだよう。のどがかわいてしぬの、いやだあ。」

いままで、さんざ、なき虫《むし》たちをいじめていたいじめっ子《こ》や、こわい先生《せんせい》がなきはじめると、なき虫代表《むしだいひょう》たちも、また、なんとなくかなしくなってきました。

なみだちゃんが、なきじゃくりながら、さけびました。

「そんなに、わたしたちをいじめないで。わたしたちだって、せいいっぱいないたのよ。でも、でも……、もう、なみだがでないんですもの。ほんとに、わたしって、だめな女《おんな》の子《こ》ねえ。だいじなときに、なみだがでなくなるなんて……。わたし、かなしいわ。うえーん、うえーん。」

なみだちゃんが、ふたたび元気《げんき》よくなきだすと、まわりのなき虫代表《むしだいひょう》も、いきおいをとりもどしました。

いまはもう、なき虫《むし》も、なき虫《むし》なかせがかりも、ありません。タチバナ小学校《しょうがっこう》の運動場《うんどうじょう》にあつまった全員《ぜんいん》が、声《こえ》をそろえてなきだしたのです。

と、そのときです。いままで青《あお》かった天《てん》のいっかくに、ぽつんと白《しろ》い雲《くも》がうかんだと思《おも》うと、そいつがずんずんひろがってきました。

そして、すずしい風《かぜ》が、さっとひとふきして、やがて、ぽつり、ぽつり、またぽつり。

「雨《あめ》だ！」

だれかがさけびました。四か月《げつ》ぶりの雨《あめ》です。雨《あめ》は、ザーッと音《おと》を立《た》ててふりはじめました。

「ばんざあい。大《だい》せいこうだ。」

みんな、雨《あめ》の中《なか》で、とんだりはねたり、大《おお》よろこびです。

タチバナ小学校《しょうがっこう》の生徒《せいと》たちも、校《こう》しゃからとびだしてきて、雲《くも》はかせや、なき虫代表《むしだいひょう》とあく手《しゅ》をします。

みんなが大《おお》よろこびしている、そのまっさいちゅう、運動場《うんどうじょう》のすみから、また大《おお》きななき声《ごえ》がきこえてきました。

「なみだちゃんだ。なみだちゃん、もうなかなくていいよ。きみのおかげで、雨《あめ》がふったんだ。ありがとう。」

一年《ねん》一組《くみ》の子《こ》どもたちは、なみだちゃんのまわりにあつまって、口《くち》ぐちにおれいをいいました。

でも、なみだちゃんは、なきやみません。

「ねえ、なにがそんなにかなしいの？」

とたんに、なみだちゃんは、かわいい顔《かお》をあげました。

そして、大《おお》きな目《め》にいっぱいなみだをうかべていいました。

「ばかね。これは、うれしなきよ。」

べんきょうすいとり神《がみ》

タケシのべんきょうずきにも、こまったものです。

家《いえ》にもどってくると、「ただいま」もいわず、つくえの前《まえ》にすわります。そして、夕《ゆう》ごはんまで、ずっとべんきょう。

夕《ゆう》ごはんがすむと、おふろにはいるまで、またべんきょう。

おふろからあがって、ねるまで、またまたべんきょうです。

「タケシ、たまには、そとであそんだら。」

おかあさんがいうと、タケシはすました顔《かお》でこたえます。

「ぼく、あそぶより、べんきょうのほうが、たのしいもん。」

「だけどなあ、家《いえ》の中《なか》にばかりいると、体《からだ》にどくだぞ。」

おとうさんも、しんぱいそうにいいます。

「ぼく、元気《げんき》だよ。病気《びょうき》なんてしないもん。」

たしかに、タケシは元気《げんき》でした。

かけっこも、一《いち》ばん。てつぼうだって、うまいものです。だけど、なんといっても、タケシのとくいなのは、算数《さんすう》とか国語《こくご》のテスト。タケシのテストときたら、いつだって百点《ひゃくてん》でした。

タケシのクラスは、花山小学校《はなやましょうがっこう》二年《ねん》一組《くみ》です。

その日《ひ》、タケシは、朝《あさ》からへんでした。先生《せんせい》の話《はなし》が、すこしも頭《あたま》にはいってきません。頭《あたま》の中《なか》にあながあいて、べんきょうしたことが、どこかへぬけていってしまうような、そんな気《き》がするのです。

四校時《こうじ》に算数《さんすう》のテストがありました。

(こんなのかんたん、かんたん。)

問題《もんだい》を見《み》たとき、タケシは思《おも》いました。

でも、えんぴつをもったときは、ちょっと首《くび》をひねりました。

(ううん、すこしむずかしいかな。)

計算問題《けいさんもんだい》は、なんとかできましたが、あとの応用問題《おうようもんだい》で、ずいぶんくろうしました。

(きょうのテスト、もしかしたら、九十点《てん》くらいかもしれないぞ。)

テストのあと、タケシは、そう思《おも》いました。

つぎの日《ひ》、先生《せんせい》がタケシをよびました。

「どうしたの？　きのうのテスト、みんなまちがってたわよ。」

「ぜんぶ……？　うそでしょう。」

「うそじゃないわ。ごらんなさい、タケシくん。体《からだ》のぐあいでもわるいんじゃないの。」

先生《せんせい》が、×じるしばかりのテストをかえしてくれました。

名前《なまえ》のよこに、0とかいてありました。

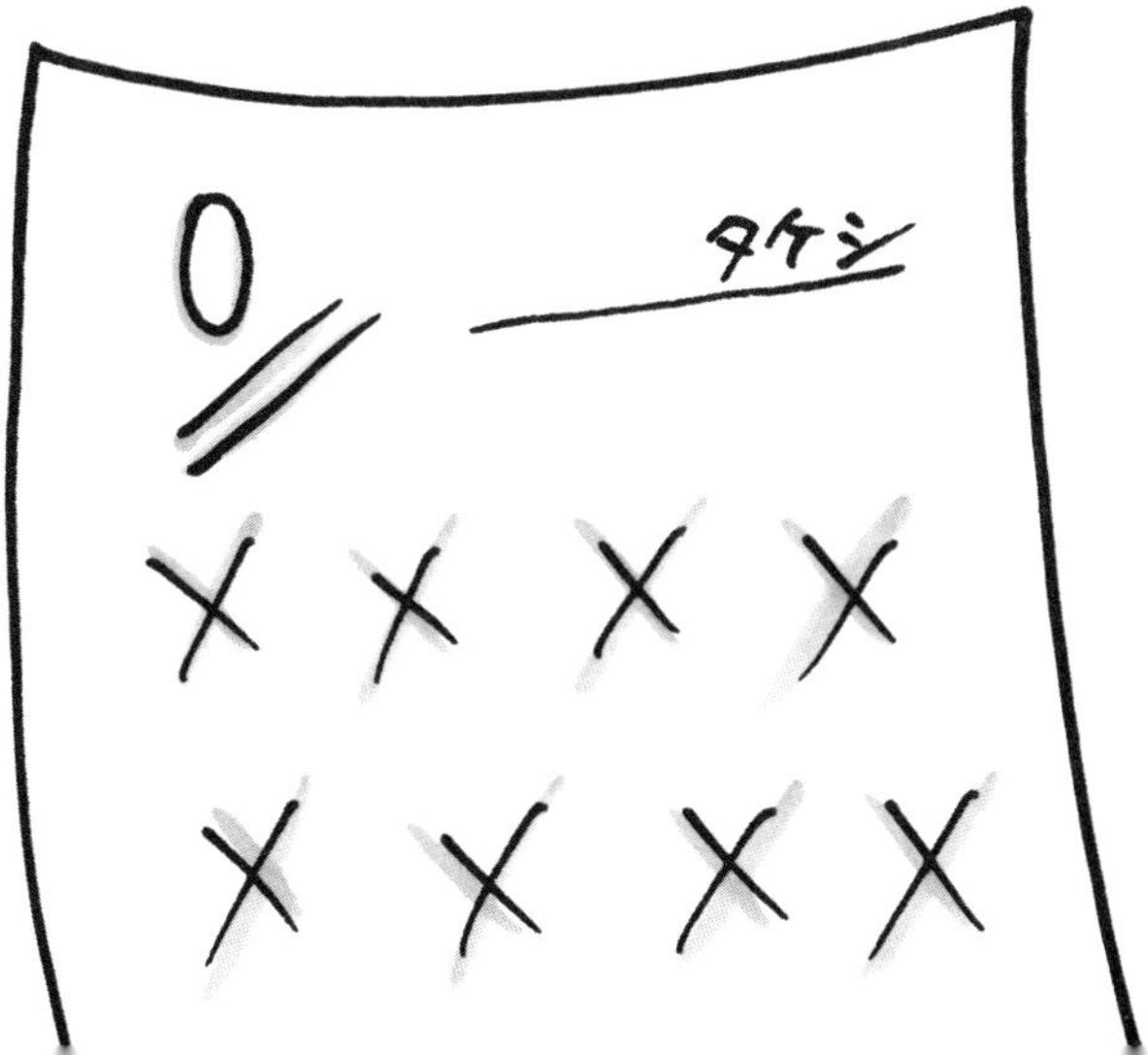

その夜《よ》、タケシは、ねむられませんでした。考《かんが》えることは、０点《てん》のことばかり。

と、どこからか、気《き》もちのよささそうないびきがきこえました。

いったい、だれのいびきでしょう。

タケシはふとんの上《うえ》におきあがって、あたりを見《み》まわしました。

そのとたん、いびきがぴたりとやんで、

「タケシ、わしはねむいぞよ。はやくねてしまえ。」

ねむそうなしわがれ声《ごえ》が、耳《みみ》のおくでしました。

「だれ？」

タケシは、思《おも》わずさけびます。

「わしは、おまえの頭《あたま》にやどる、すいとり神《がみ》である。」

しわがれ声《ごえ》がこたえました。

「スイトリガミって、なんだよ？」

「これは、ぶれいな。わしは、神《かみ》さまである。おまえは、なかなか、べんきょうねっしんな子《こ》どもである。ゆえに、わしがやどったのじゃ。せいぜい、おそなえものをしなさい。」

タケシは、びっくりしてしまいました。すいとり神《がみ》なんて神《かみ》さまは、きいたこともありません。しかし、本人《ほんにん》がいうのですから、神《かみ》さまにはちがいないでしょう。

「あのう、神《かみ》さま、おそなえものは、なにがいいですか。」

タケシは、ていねいにたずねました。

「きまっておる。せっせとべんきょうすることじゃ。」

「ぼくがべんきょうすれば、おそなえものになるんですか。」

「さよう。わしは、すいとり神《がみ》である。だからして、おまえがべんきょうしたことを、どんどんすいとってつかわすぞよ。」

「すいとるって……。ぼくがべんきょうしたことを、ぜんぶ……？」

「もちろんじゃ。おまえが、きのうのテストで0点《てん》をとったのは、わしのおかげである。」

すいとり神《がみ》は、おごそかにこたえました。

やっと、わけがわかりました。タケシが0点《てん》をとったのは、この神《かみ》さまのせいだったのです。

とんでもない神《かみ》さまが、すみついたものです。

よく日《じつ》、タケシは、おかあさんにそうだんしてみました。

「すいとり神《がみ》ですって？　たいへん、すぐおいしゃさまに見《み》てもらいましょう。」

おかあさんは、タケシを病院《びょういん》につれてゆきました。

「ふうん、神《かみ》さまがねえ。ともかく、しらべてみましょう。」

おいしゃさんが、タケシの頭《あたま》を、大《おお》きな機械《きかい》でしらべました。

「やや、これはふしぎだ。たしかに、きみの頭《あたま》になにやらいるぞ。ううん、ピカピカひかっているな。やっぱり神《かみ》さまにちがいない。」

おいしゃさんがびっくり顔《がお》で、レントゲンしゃしんを見《み》せてくれました。

なるほど、タケシの頭《あたま》のまん中《なか》に、白《しろ》くひかるこびとのようなものが、くっきりうつっています。

「つまり、この神《かみ》さまは、寄生虫《きせいちゅう》のようなものだね。きみの頭《あたま》にとりついて、べんきょうしたことをすいとってしまうわけだな。」

「先生《せんせい》、なんとかとりだしてもらえませんか。くすりか手術《しゅじゅつ》で……。」

おかあさんが、いっしょうけんめいにたのみましたが、おいしゃさんは、首《くび》をふります。

「それは、むりでしょう。あいてが神《かみ》さまです。医学《いがく》の力《ちから》では、手《て》のうちようがありませんな。では、おだいじに。」

タケシたちは、すごすごと家《いえ》にもどりました。

家《いえ》にかえっても、べんきょうする気《き》になりません。いくらべんきょうしても、すいとり神《がみ》に、みんなすいとられてしまうのです。

タケシは、ねころんでテレビを見《み》ることにしました。テレビを見《み》るのは、何《なん》か月《げつ》ぶりでしょう。

「これ、タケシ。」

ふいに、すいとり神《がみ》の声《こえ》がしました。

「テレビばかり見《み》ないで、べんきょうしなさい。わしは、おなかがすいたぞよ。」

「ぼく、べんきょうしたくないもん。みんな、神《かみ》さまにすいとられるんだもん。」

タケシは、ふくれっつらでこたえます。

「ばちあたりめ。そのようなことをいっておると、ばちがあたるぞよ。」

神《かみ》さまが、うすきみわるい声《こえ》でいったとたん、頭《あたま》がきりきりいたみはじめました。

「ご、ごめんなさい。べんきょうします。」

タケシは、あわてて、つくえの前《まえ》にすわりました。

あれだけたのしかったべんきょうが、近《ちか》ごろではすこしもおもしろくありません。

学校《がっこう》のテストときたら、0点《てん》ばかり。そのくせ、クラスのだれよりも、べんきょうしなくてはならないのです。

べんきょうをなまけると、すいとり神《がみ》のばちがあたって、頭《あたま》がいたくなります。

今夜《こんや》もタケシは、いやいやかけ算《ざん》の九九《くく》をおぼえていました。

「二、二んが四。二、三が六。二、四が九……。」

「あ、いた、た、た。」

きゅうにすいとり神《がみ》がひめいをあげました。

「あれ、どうかしたの？」

「ばかめ、おまえが九九《くく》をまちがえたからじゃ。二かける四は、八じゃろう。まちがったべんきょうをしてもらっては、こまる。わしが、はらいたをおこすではないか。」

「へえ。神《かみ》さまでも、おなかがいたくなるの。」

「あたりまえじゃ。まちがったべんきょうは、あんこのくさったまんじゅうを食《た》べたのとおなじである。」

ふうん、そんなものかなあ？

タケシは、おかしくなりました。

そのときです。タケシは、すごくいいことを思《おも》いつきました。

すいとり神《がみ》は、まちがったべんきょうをすいとると、おなかがいたくなるのです。ということは……。

「よし！」

タケシは、もうれつないきおいで、かけ算《ざん》の九九《くく》をいいはじめました。

「二、二んが五。二、三が七。二、四が九。二、五、十一。二、六の十三……。」

みんな、でたらめのかけ算《ざん》です。

たちまち、すいとり神《がみ》がくるしみはじめました。

「こ、これ、いま、いったではないか。おまえのべんきょうは、まちがっておる。」

けれど、タケシはやめません。

「三、二が七。三、三が十。三、四が十五。三、五、十二……。」

「や、やめてくれ。おなかがいたいよう。」

とうとうすいとり神《がみ》が、なきだしました。

「やい、すいとり神《がみ》、ぼくの頭《あたま》からでていかないと、もっとでたらめのかけ算《ざん》をおぼえるぞ。」

「わかったぞよ。でる。でるから、やめてくれー。」

神《かみ》さまの声《こえ》が、すうっと小《ちい》さくなったと思《おも》ったら、タケシの頭《あたま》がすっきりしました。

「おい、すいとり神《がみ》。」

タケシは、そっとよんでみました。

だれも、へんじをするものはいません。

(すいとり神《がみ》は、ほんとにぼくの頭《あたま》からでていったのかな。)

タケシは、かけ算《ざん》の九九《くく》をおぼえてみました。もちろん、でたらめのかけ算《ざん》でなく、ほんとの九九《くく》です。

おぼえた九九《くく》を、口《くち》の中《なか》で復習《ふくしゅう》してみました。

「四、五、二十。四、六、二十四。四、七、二十八。四、八、三十二。」

だいじょうぶ。ちゃんとおぼえています。

「ばんざーい。」

タケシはおどりあがりました。

ほんとにすいとり神《がみ》は、いなくなったのです。

「さあ、これで思《おも》いっきり、べんきょうできるぞ。」

タケシは、つくえの前《まえ》にすわりなおしました。

が、ふと思《おも》いだしました。

（そうか、きょうは、おもしろい番組《ばんぐみ》がある日《ひ》だったな。べんきょうは、あしたからしよっと。）

タケシは、のんびりとテレビを見《み》ました。もう神《かみ》さまのばちも、あたりません。

つぎの日《ひ》、学校《がっこう》からもどると、タケシは、はりきってつくえにむかいました。

「きょうから、ばりばりやるぞ。」

でも、ふと気《き》になりました。あんまりべんきょうにむちゅうになると、また、へんな神《かみ》さまにとりつかれるかもしれません。

「そうだ。きょうは、あそんでこよう。べんきょうは、あしたから。」

タケシは、公園《こうえん》にいってみました。

クラスの友《とも》だちが、たくさんあそんでいました。

「タケシ、野球《やきゅう》しないかあ。」

友《とも》だちがよんでいます。

「オーケー。」

タケシは、元気《げんき》よくかけだしました。


それにしても、すいとり神《がみ》は、いったいどこへいってしまったのでしょう。

ひょっとしたら、きみの頭《あたま》にとりついて、せっせとべんきょうをすいとってはいませんか？

すいとう神

あとがき　「四十年《ねん》の足跡《そくせき》」

那須正幹

今回収録《こんかいしゅうろく》された作品《さくひん》をながめてみると、作家《さっか》としてデビューする前《まえ》の作品から、ごく最近《さいきん》のものまであって、なんだか自分《じぶん》の人生《じんせい》を俯瞰《ふかん》しているような気《き》がした。たとえば『ゆきだるまゆうびん』の初出《しょしゅつ》は、二十代後半《だいこうはん》。地方《ちほう》の教育雑誌《きょういくざっし》にたのまれて書《か》いた作品だし、『ともだちみっけ』や『おばけのゆびきり』は、七十歳《さい》になる直前《ちょくぜん》の作品である。

わたしは作品を書くとき、これを読《よ》んでくれる読者《どくしゃ》を念頭《ねんとう》におくことにしている。小学校《しょうがっこう》の中学年《ちゅうがくねん》とか、高学年《こうがくねん》。あるいは今回のように、低学年《ていがくねん》から幼児《ようじ》にむかって書くときは、頭《あたま》の中《なか》に、それらしい子《こ》どもを想定《そうてい》し、彼《かれ》や彼女《かのじょ》にむかって語《かた》りかけるのである。

たとえば『なみだちゃんばんざい』の場合《ばあい》は、たまたま近所《きんじょ》に住《す》んでいた泣《な》き虫《むし》の女《おんな》の子《こ》を頭に描《えが》きながら書き進《すす》んだ。彼女に、「泣くことは、べつにはずかしいことじゃないんだよ。泣《な》きたいときは、思《おも》いっきり泣けばいいい」と、話《はな》しかけながら筆《ふで》を進《すす》めたものである。

『ともだちみっけ』は、わが家《や》の次男《じなん》が幼《おさな》いころ、やたらトカゲやカエルをポケットに入れて登校《とうこう》し、先生《せんせい》からひんしゅくを買《か》ったという話《はなし》を思いだし、生《い》きとし生けるものを友《とも》だちと思う心根《こころね》のやさしさを大《おお》いに賞賛《しょうさん》すべく、彼《かれ》にむかって書《か》いたのである。もっとも作品《さくひん》を書いた時点《じてん》では、彼はすでに社会人《しゃかいじん》になっていて、ポケットにトカゲをひそませて出勤《しゅっきん》することはなかったが。

今回《こんかい》あらためて読《よ》み返《かえ》してみたのだが、どうも若《わか》いころの作品と最近《さいきん》のものを比《くら》べても、文章《ぶんしょう》にしろ、筋運《すじはこ》びにしろ、あまり進歩《しんぽ》がないことに気《き》づいた。作家《さっか》になって四十年《ねん》がたつというのに、なんら成果《せいか》が見《み》えないというのは、人間的《にんげんてき》な成長《せいちょう》すらしていないという証《あかし》かもしれない。なんともはずかしい次第《しだい》である。

二〇一四年二月

作・那須正幹（なすまさもと）

1942年、広島に生まれる。島根農科大学林学科卒業後、文筆生活にはいる。1972年に『首なし地ぞうの宝』（学習研究社）でデビュー。子どもたちの熱烈な支持を集めた「ズッコケ三人組」シリーズ（ポプラ社）で巖谷小波文芸賞を受賞。ほかにも『ズッコケ三人組のバック・トゥ・ザ・フューチャー』（野間児童文芸賞）、『ねんどの神さま』、『さぎ師たちの空』（路傍の石文学賞）、『ヨースケくん』、「ヒロシマ三部作」（日本児童文学者協会賞・以上ポプラ社）、「お江戸の百太郎」シリーズ（日本児童文学者協会賞・岩崎書店）など、多数の作品がある。

絵・垂石眞子（たるいしまこ）

神奈川県茅ケ崎市出身。多摩美術大学卒業。
自作の絵本に『サンタさんからきたてがみ』、「もりのおくりもの」シリーズ（以上福音館書店）、「ぷーちゃんのえほん」シリーズ（ポプラ社）、自作の童話には「ねずくんとらくん」シリーズ（福音館書店）などがあり、その他にも「ぞくぞく村のおばけ」シリーズ（あかね書房）、『角野栄子のちいさなどうわたち3』（ポプラ社）など多数ある。クレヨン、パステル、水彩など、さまざまな画風であたたかな子どもの世界を描いている。

掲載作品一覧

「ふとん山トンネル」（『しっぽをはさまれた子ねずみ』より）　ポプラ社　1987年
『おばけのゆびきり』　佼成出版社　2008年
『ゆきだるまゆうびん』　ポプラ社　1980年
『ともだちみっけ』　ポプラ社　2007年
『なみだちゃんばんざい』　講談社　1976年
『べんきょうすいとり神』　ポプラ社　1981年

※本書収録にあたり再推敲し、一部作品は加筆・改稿しました。（著者）

那須正幹童話集❶
ともだちみっけ

二〇一四年三月　第一刷

作　那須正幹
絵　垂石眞子

発行者　奥村 傳
編集　松永緑　潮紗也子
装幀　宮本久美子
発行所　株式会社ポプラ社
〒一六〇-八五六五　東京都新宿区大京町二二-一
電話（営業）〇三-三三五七-二二一二
（編集）〇三-三三五七-二二一六
（お客様相談室）〇一二〇-六六六-五五三
FAX（ご注文）〇三-三三五九-二三五九
振替　〇〇一四〇-三-一四九二七一
http://www.poplar.co.jp（ポプラ社）
http://www.poplarland.com（ポプラランド）
印刷所　瞬報社写真印刷株式会社
製本所　株式会社ブックアート

ISBN978-4-591-13850-2 N.D.C.913 / 137P / 21cm